J.-HENRI CHEVALIER

MADEMOISELLE

De Boisiraimé

PARIS

A. CHARLES, LIBRAIRE

8, RUE MONSIEUR-LE-PRINCE, 8

1896

MADEMOISELLE
DE BOISIRAIMÉ

J.-HENRI CHEVALIER

MADEMOISELLE
De Boisiraimé

PARIS

A. CHARLES, LIBRAIRE

8, RUE MONSIEUR-LE-PRINCE, 8

1896

PRÉFACE DE L'AUTEUR

PRÉFACE DE L'AUTEUR

Je flânais dans les sentes poudreuses du vieux Berry, le Berry de Charles VII, prodigue en souvenirs.

Sur la fin d'une belle journée d'août, je m'étais arrêté près les ruines du château de Boisiramé et là, dans le vague du crépuscule, j'attardais mes regards sur ses sombres tourelles dont l'épaisse ossature, crevant la nue, avait étouffé les soupirs et voilé les caresses d'une des plus délicieuses maîtresses dont se soit parée une royauté.

Parcourez l'histoire galante de nos rois, passez en revue ces héroïnes du boudoir, de

Frédégonde à la du Barry, interminable théorie d'amantes, duchesses ou souillons, qu'un désir de rut élevait au pavoi, qu'un dégoût renversait, et vous verrez que la plupart n'ont mis à profit leur passage dans la couche royale que pour ne laisser de leur élévation qu'un souvenir de cruauté, de démence ou d'infamie.

Et il semble que parmi ces glorieuses de la débauche, la gentille Agnès Sorel soit restée comme une exception. Elle sut aimer sans égoïsme et tout la première, malgré la tristesse du moment, elle stimulait son royal amant, lui soufflant avec la fièvre de ses ardeurs je ne sais quel regain d'audace et d'activité.

Son nom seul évoque tout un passé de grâce, de troublante énergie. Elle fut l'éternelle croyante dans l'avenir, dans la bonne étoile de Charles VII, dont les domaines s'en allaient en miettes et qu'une autre femme, une humble amie devait rendre à son roy. Agnès fut le souffle et Jeanne d'Arc la main.

Ces lointains souvenirs évoqués des ruines traversaient mon esprit, lorsque j'entrevis, sous l'ombre des noyers, un groupe de visiteurs. Ils étaient quatre et parmi eux une jolie fille dont la physionomie força mes regards. Elle avait grand air et visage avenant et en pareil endroit, on l'eût prise pour une évocation imparfaite sans doute, mais en tous cas peu banale de la belle Agnès. J'ai su depuis qu'elle habitait le Nivernais où sa famille tenait un rang.

Depuis bien des heures ont glissé, les ans se sont écoulés effaçant quelque peu dans ma mémoire jusqu'au souvenir de cette apparition, quand un beau jour, je reçus une lettre dont l'écriture fine, allongée, dénotait une certaine instruction. Je me rendis à l'appel, ne voulant voir dans la signature d'un nom qui ne m'était pas inconnu qu'une similitude, une simple coïncidence.

Mais c'est à peine si je pus retenir un léger tressaillement en voyant entrer dans ce parloir commun de Saint-Lazare, puant, sordide comme toute la prison elle-même qui demeure une honte pour Paris, la belle visiteuse du château de Boisiramé, mais combien changée !

C'était bien la même personne, entrevue le soir d'un beau jour, mais les rides sillonnaient déjà son visage ; la débauche, la misère peut-être avait creusé le pli de ses lèvres qui semblaient n'avoir été faites que pour le sourire ; le regard était fuyant, incertain.

Elle me priait de l'assister devant le tribunal correctionnel où, pour la troisième fois, elle comparaissait pour vol dans un magasin de nouveautés. C'était la fin.

Ne cherchez point qui elle était. Elle s'appelait tout simplement Raymonde B... mais il lui reste des parents peut-être, en tout cas des amis, et j'ai voilé son nom sous celui légèrement modifié de l'endroit où je la vis pour la première fois.

C'était au demeurant une joyeuse enfant, gaie, spirituelle, aimante, au vrai printemps de la vie. Elle raffolait du grand air, de la gaîté et un tantinet de ces longues agapes que voit finir l'aurore.

Donc, pas de roman, mais quelques pages rapides. L'esquisse d'une vie, vie froidement banale d'une femme qui ne le fut point : une liaison d'abord; la débâcle ensuite. C'est toujours d'actualité.

Hiver 1895.

PREMIÈRE PARTIE

MADEMOISELLE DE BOISIRAIMÉ

CHAPITRE PREMIER

Les rares voyageurs qui attendaient *le Decauville* à la charmante station de Luc-sur-Mer commençaient à s'impatienter. Onze heures et quart venaient de tinter à la petite horloge cerclée de noir et placée sur l'auvent du toit à pans coupés, svelte et gracieux comme tous les toits normands, et l'on ne percevait pas encore le roulement du train qui devait arriver à l'heure juste, on n'entrevoyait même pas le panache de fumée qui indique son approche, tout là bas, au détour de la route poudreuse qui longe la dune et qui chaque année, à l'approche des beaux jours, déverse à la mer le flot de ses fervents.

Le père Marc semblait particulièrement inquiet. Non pas qu'il se disposât à partir, loin de là. Partir, lui..... Allons donc..... c'est à peine si une fois, une seule fois, il était allé à la ville et avait franchi la distance qui sépare Caen de Luc-sur-Mer. Encore avait-il fallu bien des prières et une circonstance tout exceptionnelle : le mariage d'une nièce à lui, la fille de son frère défunt et qu'il chérissait comme si elle eût été sa propre fille.

Ce n'était certes pas un type banal que ce petit homme vif et alerte, qui courait de l'un à l'autre, grommelant, gesticulant, jetant de çà et de là ses regards vers l'horizon pour les reporter aussitôt sur l'employé qui attendait impassible, comme s'ils eussent voulu lui arracher un secret.

Trapu, de larges épaules, le regard d'une

surprenante mobilité et qui réflétait comme à l'envi son intime pensée, proprettement vêtu, l'inévitable béret piqué au sommet du crâne et le coin du tablier relevé à la hanche, c'était un sympathique. Les habitants de la plage, de Ouistreham à Houlgate, le connaissaient bien, le père Marc, depuis tantôt quarante printemps qu'ils le voyaient chaque saison à son poste, dur à la fatigue, âpre au gain et cependant avenant et affable avec les clients : car c'est lui qui cumulait les importantes fonctions de maître-d'hôtel, patron et caissier de l'hôtel de *la Mouette*, qui eut jadis son heure de célébrité et où s'arrêtaient encore assez volontiers les propriétaires des environs et quelques friants attirés par un renom à son déclin.

La veille, le père Marc avait reçu la commande d'un quadruple déjeuner. Point de menu fixé, on s'en rapportait à lui, ce qui, soit dit en passant, l'avait énormément flatté.

« Des gens très comme il faut, expliquait-il à un voisin, et qui ne regardent pas à la dépense..... des habitués de *la Mouette* pour sûr ; en tous cas des malins qui s'en rapportent au père Marc et qui ne seront pas déçus..... Et puis, c'est de bon augure, fin avril, la saison commence à peine et les premiers visiteurs arrivent.

Et le brave homme détaillait le repas, s'égarait dans la description technique de chacun des mets qu'il avait préparés, quand un sifflement aigu vint l'interrompre ; la fumée blanchâtre vint noyer de ses masses ondulées les cimes des grands peupliers aux feuilles à peine écloses et qui là-bas bordent la route à son détour puis le train esquissa la courbe.

Quelques poussées de vapeur, un coup de sifflet perçant, un serrement brusque, sec, instantané et le petit Decauville vint stopper devant la gare.

Il était onze heures et demie.

Le père Marc, béret à la main, se précipita vers le wagon des premières.

Deux charmantes jeunes femmes, mises

avec un goût exquis, sautèrent prestement à terre, bientôt suivies d'un compagnon déjà d'un certain âge et d'un autre, beaucoup plus jeune.

Madré, le vieux flaira ses clients :

— « Ce sont ces messieurs, sans doute, dit-il en s'adressant à ces derniers, qui ont commandé leur déjeuner à l'hôtel de *la Mouette?*

— « Oui, mon brave, répondit le plus âgé des voyageurs, et si tout est prêt, nous allons nous mettre à table.

— « N'est-ce pas, Raymonde, tu meurs de faim, demanda-t-il, en s'adressant à la plus grande des deux jeunes femmes?

— « Oui, oui, répliqua l'espiègle enfant, Angèle et moi avons très faim, très faim. Allons vite à table.

Et glissant gracieusement son bras sous celui de sa compagne, elles se mirent en route, précédées du père Marc fort embarrassé de tous les bibelots dont on s'était à l'envi déchargé sur lui.

C'était une ravissante créature que Raymonde de Boisiraimé, bien faite pour séduire et aussi pour captiver. Non pas que ce soit le type de la Parisienne au minois chiffonné, qui plaît, qui réjouit, désirable sans doute, mais dont la gentillesse s'efface dans une envolée de printemps ; c'était plutôt le profil de l'Arlésienne, à la beauté plus fine, plus nette, plus tranchante, si durable que l'inexorable cinquantaine quelquefois ne parvient pas à la flétrir.

Plus grande que la moyenne et merveilleusement proportionnée, les hanches développées et au-dessus desquelles s'enroulait une large ceinture rose tranchant d'un ton vif sur le bleuté du corsage et qui venait enserrer sa taille toute fluette, le haut du buste légèrement rejeté en arrière, qui donnait à sa poitrine une cambrure toute sculpturale et à sa démarche je ne sais quoi d'indolent qui lui seyait à ravir, les cheveux châtains, avec des reflets fauves, coquettement relevés sur le sommet du front et laissant à celui-ci tout l'éclat de sa parfaite régularité : deux grands yeux noirs, limpides, un tantinet mélancoliques, mais qui ne perdaient rien de leur éclat : un nez à la grecque, droit, régulier, dont les lobes se gonflaient volontiers sous l'excitation de la parole et l'influence de la pensée : la bouche un peu grandette, moqueuse aussi, avec un léger pli à chaque extrémité et que semblait avoir stéréotypé le sourire, une figure de vierge, en un mot, mais de vierge plus attirante, plus sensitive, et comme vivifiée par le reflet d'une passion naissante et d'un cœur qui s'éprend.

Raymonde avait alors vingt-deux ans. Elle était dans tout l'épanouissement de la jeunesse, dans la plénitude de la beauté et de la séduction. Il y a deux ans à peine, elle avait perdu sa mère, digne et pieuse femme qui, depuis la mort de son second enfant, plus jeune de quelques années, avait reporté sur Raymonde toute sa tendresse et toute sa sollicitude.

Avec la disparition de cette affection si

vraie, si pure, de cette âme confidente de la sienne, de cette mère qui résumait pour elle toute sa famille, ignorante des siens qu'elle voyait à peine et du monde où elle n'avait pas encore paru, ce fut pour la pauvre enfant comme l'anéantissement d'elle-même et aussi comme le prélude des déboires.

Son père : elle le connaissait peu, c'est à peine si elle le voyait à la maison aux heures des repas. Autoritaire, joueur et débauché, possesseur d'une fortune assez rondelette, qu'il avait du reste augmentée par des spéculations plus ou moins avouables, propriétaire aux environs de Nevers, où il habitait, d'une construction lourde, massive et de quelques hectares de pâture qu'il se plaisait à nommer son château et ses terres, détestant cordialement tout ce qui s'appelait intérieur et famille, M. de Boisiraimé, après le décès de sa femme vite oubliée résolut de se débarrasser aussi de sa fille, devenue par sa solitude même, un trouble-fête, et une entrave à sa manière de vivre. Il chercha donc à la marier.

Ce sera vite fait, calculait-il dans son égoïsme ; une jolie fille et un couple de cent mille francs, ce n'est pas à dédaigner et après..... après..... plus de soucis !

M. de Boisiraimé avait compté sans Raymonde.

Ce fut dans les jardins de la Préfecture de Nevers, à une des soirées officielles, la première où son père la conduisit, que Raymonde remarqua Pierre Jeancourt, non pas qu'il fût à ses yeux cavalier plus impeccable ou plus brillant que la foule des désœuvrés qui s'arrachaient son carnet de bal, non pas qu'elle se sentît attirée vers lui par cette réputation de débauché qui plaît même à certaines femmes du meilleur monde et fait à ceux qui en sont l'objet comme une auréole de séduction ; non Pierre Jeancourt était plutôt un modeste, un ignoré.

Joli garçon cependant, avec ses yeux bleus grandement expressifs et sa longue moustache fine et soyeuse, il avait dans les milieux mondains ce je ne sais trop quoi de l'inexpérimenté et du novice qui captive surtout les naïves et les vicieuses. Il fut un des premiers à venir au bal, un des premiers à inviter Mlle de Boisiraimé et des quelques bribes de cette conversation banale qui s'égrène sans conviction entre deux valses ou les poses d'un quadrille, de cette pression même, discrète tout d'abord et ensuite plus osée qui escompte les abandons ou les refus de la taille étroitement enlacée, s'ébaucha la plus touchante idylle, parce qu'elle fut avant tout loyale et désintéressée dans ce monde où tout est fausseté et calcul.

Né de cette attraction de l'âme qui souffre vers l'âme qui devine sa souffrance, de ce charme indicible qui vous envahit en la présence de l'aimé ou de ce frisson d'inquiétude qui vous étreint quand il s'éloigne, le culte de Raymonde pour Pierre devait grandir très vite dans ce cœur vierge de toute passion, sevré de toute affection familiale; aussi quand M. de Boisiraimé voulut rompre les fils de cette intrigue naissante, quand il voulut interdire à la pauvrette, un peu trop brutalement peut-être, la seule fréquentation qui la charmait, il trouva sa fille forte d'elle-même, de son amour et comme prête à la lutte.

Après de longues heures de réflexion, appuyée sur le rebord de la fenêtre où elle avait connu la douceur de l'attente et le charme du souvenir, le regard errant dans le vide de cette rue, sur la solitude de ce trottoir où tant de fois son Pierre avait passé pour elle et où tant de fois, elle l'avait récompensé d'une fleur discrète, tombée du balcon, comme par un providentiel hasard, quand le sifflement des trains parcourant en tous sens la grande ligne du Bourbonnais emportait sa pensée vers ce mystérieux Paris où il était retourné depuis quelques jours, appelé par sa profession d'ingénieur ; quand elle se sentit sacrifiée par un égoïste et achetée par un viveur des environs, usé et rachitique, que son père, un beau jour, se mit dans l'idée d'agréer pour gendre ; quand elle eut bien compris qu'avec un homme comme M. de Boisiraimé, le refus c'était pour elle le martyre, et l'acquiescement c'était l'éternel contact, écœurant et stupide, avec un être méprisé, quand enfin elle eut bien saisi que dans ce cœur paternel où elle eût dû trouver la consolation, ce n'était qu'indifférence et dédain, le ruisselet de larmes qui, dans la pénombre, scintillait le long de ses joues pâlottes, se tarit soudain : Raymonde avait décidé de son avenir.

Envahie par cette sensation indéfinissable, par ce sentiment de vague inquiétude qui accompagne tous les actes où se joue l'avenir, nerveuse toutefois, résolue et confiante, Mlle de Boisiraimé réunit les quelques objets qui lui étaient indispensables et aussi ceux qui lui étaient chers : pieux souvenirs de la mère défunte ou gages consacrés par la passion naissante ; une fleur flétrie, un carnet de bal où se lisait, maintes fois répété, le nom de Pierre Jeancourt ; mille petits riens, amulettes des amoureux ; puis elle chargea un vieux commissionnaire, tout dévoué à sa mère et à elle, de porter à la gare son maigre bagage et un télégramme ainsi conçu :

« *Pierre Jeancourt, quai de Montebello, Paris.*

« Attendez demain celle dont vous êtes désormais l'unique espérance. RAYMONDE. »

Et, pour la dernière fois, elle vint s'asseoir devant le petit secrétaire Louis XIII, coquet avec les lamelles scintillantes de sa fine marqueterie, témoin discret de ses rêveries, muet confident de ses soupirs comme de ses aspirations vers l'idéal entrevu et à la hâte, d'une main un peu fiévreuse, elle traça les lignes suivantes :

« MON PÈRE,

« La préoccupation de mon avenir vous est un lourd souci. Votre volonté est que j'épouse M. d'Arnelles, mon cœur me le défend. J'aimais M. Jeancourt, vous m'avez séparé de lui. Il est cependant, et sera toujours mon seul amour. Permettez donc que je m'éloigne. Ma présence ne pourrait être désormais pour nous deux qu'une source de continuels ennuis et d'amers reproches. En vous embrassant, je vous demande pardon. »

« Votre fille,

« RAYMONDE DE BOISIRAIMÉ. »

Elle déposa ensuite cette lettre d'une façon apparente sur le bureau de M. de Boisiraimé, descendit les escaliers, et derrière elle, tira doucement la porte du logis. Elle traversa d'un pas rapide la place de la Halle, longea cette avenue large et mal éclairée qui aboutit en droite ligne à la gare et, quelques instants plus tard, le rapide entraînait vers Paris la gentille exilée.

Est-il de plus délicieuse attente que celle de l'être passionnément aimé ? Existe-t-il de minutes plus enchanteresses que celles qui s'écoulent en sa présence, fugitives comme la douce vision qui les rend si courtes, et cependant désirables, puisque celle qui suit ajoute au bonheur de celle qui s'éteint.

Ces étapes de l'aimable abandon où l'esprit se repose, comme devant la demi-réalisation du rêve tant de fois caressé, où le cœur semble renoncer à ses secrètes impulsions, où tout l'être se concentre, assouvi et dispos, dans la double sensation de la satisfaction et de la quiétude, ces étapes ignorées de la félicité, Pierre et Raymonde les parcoururent d'un seul enlacement, oublieux comme toujours des affres du passé, insouciants des surprises de l'avenir. Et ce fut tout d'abord l'épanchement d'un cœur gros, le laisser aller de l'âme qui se révèle et le met à nu dans l'aveu de ses plus intimes faiblesses, dans l'oubli des premiers énervements, puis la joyeuse enfant redevint elle-même, allant et venant dans le coquet appartement, l'emplissant tout entier de son mouvement et de son babillage.

Un soir, ils se hasardèrent sur le boulevard, elle, timide, se serrant contre lui, anxieuse d'être reconnue, étourdie du mouvement et surprise de l'indifférence des passants, incapable de se soustraire à ce sentiment bien humain et qui vous rend agaçants les regards du public qui vous coudoie, parce qu'on le soupçonne d'avoir surpris votre secret et deviné votre faute, heureuse cependant de tout cet inconnu qui se découvrait à elle. Avec les sorties quotidiennes, Raymonde s'enhardit et chaque soir, quand Pierre en avait fini avec ses travaux, elle se faisait accompagner, soit au théâtre dont elle raffolait, soit dans ces jardins, qui sont les délices de Paris, et auxquels la main de l'homme, sous les rudes et fécondantes poussées d'avril, donnait le dernier parement.

Puis, avec la tiédeur des soirées de mai, ce fut au delà des murs qu'ils portèrent leurs pas, dans cette banlieue si féconde en divertissements, tour à tour solitaire et bruyante, comme jalouse de se prodiguer à tous les goûts les raffinements de leurs attractions favorites, offrant aux amoureux et aux parias assoiffés d'isolement, la profondeur des bois et le désert des sentiers peu battus, aux exubérants ces rendez-vous sportifs, d'où s'élève l'étourdissant murmure d'une foule enfiévrée, aux élus de la richesse le *far niente* d'une campagne divinement aménagée, se prêtant en un mot, comme à plaisir, aux mille fluctuations du caprice humain.

Et les jours fuyaient, agréablement mouvementés, assombris de ci et là par de légers nuages qui une fois dissipés trouvaient Mlle de Boisiraimé plus aimante que jamais, plus envieuse de sa possession. Mais dans cette plénitude même d'amour, la curiosité restait inassouvie ; et il leur fallait étendre leur champ d'exploration ; ils parcoururent la Suisse, les Pyrénées avec Luchon et Biarritz, côtoyèrent l'Océan, pour visiter les falaises de Bretagne et les dunes normandes, où bien souvent la nuit les surprit rêveurs et pensifs, fascinés par ce grandiose, attirés par cette force inéluctable des flots qui crachaient à leurs pieds leur écume et leur rage, éclaboussés par les derniers clapotements des vagues qui se poussaient d'abord en des roulis sourds pour s'émietter contre le roc dans un fouettement sec, quasi lugubre..... peut-être aussi condamnés de demain, obéissaient-ils l'un et l'autre à cet irrésistible instinct, qui attire la victime vers le lieu qui doit lui être fatal!

CHAPITRE II

Fils de rudes cultivateurs qui connurent plus souvent les heures de gène, que celles de prospérité, Pierre Jeancourt dut à ses seuls labeurs la situation enviable qu'il s'était créée. Doué d'un grand bon sens, envisageant avec assez de scepticisme les hommes et les choses, d'un caractère gai, recherchant la société de ses amis de chaque soir, comme un délassement, une distraction, ne dédaignant pas à l'occasion les bonnes fortunes qui s'offrent si inattendues dans leur variété même, sans toutefois les provoquer, ayant de de côté ses petites faiblesses et cependant moins emballé que bien d'autres, il avait d'abord souri à l'idylle charmante qui s'ébauchait devant lui ; puis quand le rêve eut pris corps, quand Raymonde, poussée par sa destinée, vint s'offrir éplorée et craintive, il fut séduit par le piquant de l'aventure, heureux d'inscrire aux pages de sa jeunesse une conquête dont il pourrait à bon droit se glorifier, satisfait, quand il la promenait, d'entendre autour de lui des murmures flatteurs, ayant malgré tout un engouement pour ce grand beau corps de fille, aimant à le sentir, à le frôler, trouvant dans ce contact, dans cette odeur qui s'exhale de la chair et qui monte au cerveau, variée dans la multiplicité de ses émanations, comme un attrait particulier qu'il n'avait pas encore rencontré chez les professionnelles ; il cédait aussi à ce courant d'involontaire sympathie qui vous attache à toute femme, quand on le sent sincère et loyal dans son amour, et de ce côté, Pierre n'avait rien à envier.

Beaucoup parmi ceux qui, aux débuts de la vie, n'en connurent que les duretés, auraient vu au delà de la possession de la femme le patrimoine de l'héritière ou escompté dans la passion présente l'intérêt du lendemain. Pierre n'y avait point songé. Il était l'idole d'une délicieuse maîtresse que ses moyens lui permettaient de garder et ne demandait qu'à vivre ainsi, confiant dans sa bonne étoile ; non pas qu'il fût d'une impeccable fidélité, mais les adoucissements qu'il apportait à la foi jurée dans une minute de délire étaient si distancés et partant si discrets, qu'il se les pardonnait bien volontiers, en raison même de leur rareté ; gêné cependant quand Raymonde, avec ce flair, cet instinct de la femme qui aime tout entière, soupçonnait l'escapade : une parole échappée, l'odeur de l'autre incomplètement disparue, un billet quelquefois, souvent un petit rien que la femme qui passe laisse à l'homme qui la quitte ; alors une indicible angoisse lui étreignait le cœur, quelques larmes nimbaient ses grands beaux yeux noirs et Pierre les séchait d'un baiser, baiser doublement cher à l'amante, où elle trouvait comme la consécration d'un amour sans partage, dans l'effacement du doute qui la rongeait.

Une fois cependant, une seule, Raymonde sentit, profond, acéré, l'aiguillon de la jalousie.

L'été touchait à sa fin. Près la fenêtre grande ouverte, dans la mi-ombre du crépuscule peu à peu chassé par les masses brumeuses que la nuit répand à profusion sur les grandes cités ; respirant avec avidité cette première brise qui, délicieuse et bienfaisante, se glisse dans l'atmosphère lourde et empesée ; inattentifs aux sourdes rumeurs qui montent de la rue, étrange confusion du bruissement de la foule et des chansons ébauchées par les ivrognes qui déambulent ; regardant avec une insouciante fixité les ondes changeantes de ce bras de la Seine, où venaient se jouer en scintillant, incertains et fuyards, les rayons obliques de la lune, avant de disparaître tout là-bas, derrière leur forêt de cheminées, Pierre et Raymonde aimaient à s'absorber ainsi dans ce bien-être qui envahit après la rude journée, sur le tard, quand la fraîcheur descend, et de s'unir dans une même pensée, en conversant de leurs parents, de leurs amis, du pays, où, comme des criminels, ils n'avaient pas osé reparaître.

Etendu plutôt qu'assis dans un large fauteuil, indolent et songeur, Jeancourt savourait lentement une dernière cigarette. Chassée par le souffle qui la pousse, la fumée s'échappait de ses lèvres en spirale dense et compacte, puis désagrégée, oscillante, elle se développait bientôt en de frêles ondulations, buées légères qui étaient à leur tour balayées, englouties par l'impitoyable courant.

Le frôlant de son beau corps de fille, le grisant de ses mouvements d'une souplesse infinie, Raymonde semblait enchaînée à son amant : sa tête glissait vers la sienne, si près que les boucles rebelles de sa fine chevelure effleuraient sa moustache : son bras demi-nu et qui étalait dans la pénombre sa blancheur et sa pureté, reposait sur son épaule, tandis que de sa main désœuvrée, nonchalante, elle jouait avec l'étui à cigarettes renfermé dans la poche du veston.

Tout à coup, dans un mouvement de retrait, avec l'étui, survint une enveloppe, une mignonne enveloppe rose, exhalant ce parfum dont les mondaines aiment à bourrer leurs sachets et au verso de laquelle se détachait en relief un minuscule bluet.

Mue comme par un ressort, enserrée au cœur par une poignante étreinte, Raymonde est debout et avant que Pierre eût pu comprendre toute l'étendue de son imprudence, avant qu'il se soit levé, lui aussi, pour en atténuer les effets, s'il était temps encore, elle avait déchiffré l'adresse et entrevu sur l'épitre fiévreusement retirée, le nom de Laure qui la terminait.

Pas un mot de reproche, pas une parole amère, pas un cri n'effleura ses lèvres ; frappée dans sa religion de croyante, tombant de la plus douce des illusions dans la plus terre à terre des réalités, devant l'effondrement de cet amour qui était pour elle sa vie, son culte, sa foi, elle s'affaissa dans les bras de son amant, honteux comme un écolier pris en faute, inquiet surtout des conséquences, maugréant contre lui-même de cette bévue tout au plus excusable chez un débutant.

Revenue à elle, après l'échappée des larmes qui l'étreignait à la gorge, elle voulut entr'ouvrir la bouche et soulager son cœur gros, mais Pierre la lui ferma d'une façon charmante :

— Reste calme, aimée, ne t'efforce pas de parler. Ton ardent amour pour celui qui le partage a été plus fort que toi. Le soupçon t'a rendu aveugle et sans savoir s'il était justifié, tu lui as obéi.

— Heureusement pour moi, ma Raymonde, heureusement pour nous, tu t'es trompée, mille fois trompée. Ce que tu crois n'est pas, n'a jamais existé.

Et il la couvrait de baisers, s'efforçant de sourire, comme pour donner créance à ses assertions. Mais il était bien tard : une immense tristesse, reflet du désespoir, un regret de l'existence se lisait dans les yeux de la pauvre endolorie.

— Comment ai-je mérité cet abandon, car je le sens là, je ne suis plus qu'une délaissée, une indifférente. Mon amour est trop profond, trop sincère, et n'est pas de ceux que l'on trompe aisément... Et puis, il n'y a qu'une femme qui triomphe pour écrire ainsi. Ah ! si elle savait ce qu'elle me fait souffrir !...

— Laisse-moi partir loin, bien loin. L'éloignement atténue la douleur. Et cependant, je t'ai aimé de toute mon âme, avec passion, avec frénésie. J'étais ton bien, ta chose... tu étais toute mon ambition... Pourquoi m'avoir trahie ? Pourquoi ?

— Je te pardonne, si tu crois être plus heureux avec l'autre, mais quel que soit le bonheur qui t'est réservé, il n'atteindra jamais celui que j'ai éprouvé près de toi. Crois-le, Pierre, on n'aime bien qu'une fois.

Ces derniers mots se confondirent dans un sanglot. Epuisée par l'effort, Raymonde s'évanouit à nouveau, insensible à la profusion de caresses comme aux soins dont on la comblait. Quelques heures plus tard, la fièvre et le délire s'emparèrent de l'inconsciente victime pour la laisser deux semaines entières entre la vie et la mort.

Puis, petit à petit, quand la santé revint sous la vigoureuse impulsion de la jeunesse, quand sortie du long rêve, Raymonde eut repris possession d'elle-même, Pierre s'appliqua surtout à détruire l'impression de la soirée néfaste. Lui, Jeancourt, en aimer une autre... allons donc, ce n'était pas sérieux... Et où aurait-il pu trouver, même s'il l'eût voulu, une maîtresse plus enviée, plus désirable... et il fallait être insensé pour s'arrêter à pareille idée !

Elle l'écoutait ravie, malgré tout, heureuse de sentir le doute renaître dans son esprit, le cherchant, le guettant, ce doute bienfaiteur, s'accrochant à lui, comme le naufragé à l'épave, désireuse après tout de se laisser convaincre. Et sur son beau visage marbré par la souffrance, dans ses grands yeux qui se tournaient vers l'adoré, mélancoliques et parfois suppliants, on eût vu s'y refléter encore ces éclairs de bonheur, aimable souvenance des joies du passé, qui sont plus vives chez ceux qui les éprouvent que la haine du moment et plus fortes que l'angoisse du cœur qui étreint et qui broye.

Avec les premières sorties, ce furent les rudes et vivifiantes poussées vers la santé et vers l'oubli : heures charmantes vécues aux endroits déjà consacrés par une visite et où fascinés l'un et l'autre par le charme du souvenir, qui convie les heureux aux sites témoins de leur bonheur, ils voulurent rêver toujours, rêver encore ce rêve délicieux, ineffable, si caressant dans l'imprévu de ses chimères et de ses illusions. Plus tard, avec les fatigantes envolées dans la morne campagne, assoupie sous les tièdes rayons du soleil d'automne, dans les sentiers déjà effacés par la chute des feuilles bistrées de jaune, Raymonde retrouva son sourire, ravie du ciel immense, de cet horizon étalé autour d'elle, avide de ce grand air qui la fouettait au visage, fanatique de cette solitude vengeresse, où, loin des regards trompeurs, elle sentait tout à elle, ce maître qu'elle s'était donnée et dont elle raffolait, cet amant qui l'avait négligemment trompée avec une femme à toquades et qui, diplomate et rusé, en était arrivé à effacer de son esprit l'atroce soupçon qui la dévorait comme la lèpre, menaçant de s'étendre.

Et l'existence de recommencer mouvementée, délirante, dans la fièvre d'une passion mal contenue, dans l'énervement de désirs surexcités par l'abstinence, dans l'infini d'un amour grandi par la souffrance, planant par son intensité même au-dessus de l'ancien, s'égarant dans l'inconscience du paroxysme.

L'hiver survint et avec lui sa lente échappée des jours écourtés, des soirées assombries par la bruine hâtive, confondant dans le même incertain véhicules et piétons, percée seulement de çà et de là par le brillant des réverbères ou des lanternes glissant sur le pavé boueux, comme des étoiles filantes, silencieuses et rapides. Puis la neige s'abattit, abondante, tenace, jetant sur la grande ville son voile immense, égalisant avec la même prodigalité, sous le moelleux de ses flocons d'albâtre les quartiers où s'étale le luxe et ceux que fouette la misère. Et quand la rafale passait, rageuse, se répandant en de sourds gémissements engloutis dans l'entr'ouvert des frêles persiennes, c'étaient pour les amoureux les calmes soirées ravies au tourbillon de l'existence, écoulées dans la quiétude et le bien-être, loin de ce public qui contraint, de cette foule qui jalouse, le soir, au coin d'un feu bien clairet, où la main dans la main, dans la plus franche intimité, ils surprenaient errant sur leurs lèvres, un même sourire, précurseur de l'envie. Leurs bouches s'entr'ouvraient pour murmurer les mots charmants, maintes fois redits, et cependant délicieux encore par la tendresse qui les inspirait, soulignés de ci et de là par un baiser. Et sous les lueurs très tendres qui filtraient de l'abat-jour, on eût volontiers confondu dans un même reflet fauve, la brune chevelure de l'amante et les cheveux blonds de l'aimé.

Bien souvent aussi, dans la trêve du frimas, dans les éclaircies guettées, espaçant les crépuscules humides, suturés de brouillards, ils s'acheminaient aux concerts, aux théâtres.

Raymonde vit aussi les pièces les plus courues de la saison : elle s'égaya aux libretti badins, s'émerveilla de la mise en scène du grandiose des opéras, friande surtout des émotions passionnelles, éprouvant comme une poussée de sympathie pour ce qui aime et qui souffre. Elle se plut à revoir une seconde fois la *Dame aux Camélias*, jouée cette année à la Renaissance par la grande tragédienne. Envahie par une sorte de pressentiment vague, mal défini, elle parut vivre de la vie de Marguerite Gauthier, s'identifier à son existence, en subir les fluctuations. Elle fut prise de pitié aux premiers errements de cette femme jeune et belle, toujours assoiffée d'opulence, elle sentit son cœur gros devant cette agonie de paria, secrètement aussi elle admira la courtisane et comprit la grandeur de son abnégation, quand le grand beau vieillard, qui a jeté sa morgue, vient la supplier de rompre avec ce qui est sa vie, son bonheur, au nom même de la vie et du bonheur d'une pure jeune fille qui plus tard dans ses prières mêlera son nom. Et dans un élan de générosité infinie, Marguerite fait l'abandon, le sacrifice de ce qu'elle a de plus cher. Demain Armand Duval la maudira et cela au nom de la pure jeune fille. Le calme où elle vivait avec Armand pouvait seul lui rendre le sourire et la vie : qu'importe ? Elle boira le calice jusqu'à la dernière goutte, car demain elle aura repris son existence de fille, avilissante, écœurante, dont chaque folie est pour elle une étape vers la tombe et malgré l'orgie, l'oubli ne viendra pas, malgré la vie enfiévrée, le pauvre cœur saignera toujours, impuissante à cicatriser une blessure faite dans le renoncement spontané d'un amour vrai, unique, dont elle a vécu et dont elle mourra.

Angèle Lierny, la seconde voyageuse, formait avec sa compagne le plus charmant contraste qui se puisse voir. De taille moins élevée et plus grassouillette, la peau très fine, très blanche, le nez légèrement retroussé et les yeux d'un bleu vif, la figure avenante, gracieuse même, avec une petite fossette sur chaque joue qui se creusait terriblement au moindre sourire, les cheveux, couleur d'or, triomphe de l'henné, mutine et sans cesse en mouvement, mignonne aussi, dans la simplicité voulue de sa toilette, c'était au demeurant une maîtresse très enviable, moins jolie que Raymonde cependant, mais la physionomie plus rieuse, plus ouverte. Raymonde, c'était la parfaite régularité des traits, un ensemble de lignes très pures, très douces ; Angèle, c'était le chiffonné, la gentillesse, la gaîté, un éternel éclat de rire. Elle avait connu Raymonde d'une façon bien simple : son amant d'alors, Henri Dufresnay, avait été le condisciple de Jeancourt au lycée de Nevers : ils avaient grandi ensemble, suivant les mêmes cours, vivant de la même vie ; ensemble aussi, ils avaient remporté leur diplôme de bacheliers. Puis avec les vingt ans, l'heure de la séparation avait sonné ; les aspirations, la carrière, la fortune les avaient conduits dans des voies différentes ; cependant ils s'étaient promis de s'écrire, de se revoir.

Jeancourt, un laborieux, avait choisi la profession d'ingénieur ; Dufresnay, quasi-millionnaire, mais rebelle à toute préoccupation, fit ses études de droit, si attirantes avec leur douce accalmie, et les jours avaient coulé dans l'oubli des promesses d'antan, quand un beau soir, ils s'étaient retrouvés au foyer de l'Opéra-Comique. Jeancourt avait Raymonde au bras, correcte, réservée ; Dufresnay escortait Angèle, très à l'aise, heureuse de montrer à ses rivales une robe étrennée la veille.

Angèle était modiste. Travaillant peu et le moins souvent possible, ennemie de toute contrainte, vivant avec un amant, parce que chacune de ses camarades en avait au moins un, et qu'il lui semblait de toute nécessité de les imiter. peu scrupuleuse dans le choix d'un soupirant, pourvu que ce soit un élu de la fortune, elle menait un peu la vie à la diable. Henri l'avait connue au café, dans une réunion d'amis. Puis l'aimé de la veille étant parti, un beau soir, elle vint seule : C'était une occasion qui s'offrait, rien autre chose, et Dufresnay se piqua d'amour-propre tant et si bien qu'avant l'aurore le pacte était scellé. Le hasard les avait unis, le hasard continua son œuvre et ils vécurent ainsi dans la plus aimable des insouciances et sans trop savoir pourquoi.

Tout d'abord Raymonde fut profondément troublée. Les Dufresnay étaient presque ses voisins dans le Nivernais ; ils avaient, des premiers, appris la fugue. Mais Henri fut galant homme et prit le parti de ne point la reconnaître. Puis elle se sentit comme un peu de gène en présence de cette femme dont son instinct lui laissait deviner l'existence. Cependant les amis se serrèrent la main, très affectueusement, en gens tout heureux de se revoir. Angèle, plus osée, adressa un bonjour et la glace fut rompue. On s'invita, on se revit quelquefois. Au fond, Raymonde trouvait Angèle très bonne fille et Angèle pensait que Raymonde gagnait à être connue. Bref, ce fut à un dîner intime où l'on s'était amusé comme des fous, que fut décidé le voyage à Luc-sur-Mer, où, par un matin très ensoleillé de fin d'avril, nous voyons débarquer nos quatre voyageurs.

CHAPITRE III

Presque au centre de ce ruban de villas qui, docile aux caprices de la mer, se déroule tout le long de la falaise et en suit les contours, placé en bordure comme ses coquettes voisines et très spacieux, l'hôtel de *la Mouette* semblait devoir être, par sa position même, un séjour attrayant. Ce n'était cependant qu'une maison bien ordinaire, confortable, il est vrai, mais sans luxe, desservie par de larges escaliers, avec des chambres aérées, immenses, datant presque d'un autre siècle et dont la plupart s'éclairaient du côté de la plage. Des fenêtres les plus élevées, la vue s'étendait à l'infini sur l'immense nappe bleutée et par les jours limpides on pouvait entrevoir tout là-bas, presque en face, la pointe grisâtre du Havre, dont le phare perçant la brume, indiquait encore la position, les soirs aux crépuscules assombris. Au rez-de-chaussée : les cuisines et tout à côté la salle commune avec sa table d'hôte traditionnelle au milieu et une infinité de petites bordant les murs : puis sur le devant une terrasse très large, très gaie, que le père Marc avait eu la bonne idée de mettre à l'abri des rafales, en élevant une solide vérandah.

C'était de beaucoup l'endroit préféré des baigneurs et quand la saison battait son plein, bon nombre venaient s'y reposer quelques heures de la journée : les uns pour lire les journaux ou causer, les autres pour jouer : la plupart raffolaient de pouvoir y déjeuner ou dîner sur de petits guéridons, tout au bout, près de la mer, et ce n'était pas pour ces friants une médiocre attraction que d'admirer les vagues qui venaient tour à tour mourir en bruissant presque à leurs pieds, ne laissant de leurs passages que des flocons d'écume jaunâtre ou quelques touffes de varech.

L'attrait d'une pareille vue, sa gaieté n'échappèrent point à Jeancourt qui, depuis longtemps conquis par le charme indicible de la mer, voulut encore se rapprocher d'elle, l'entendre, la sentir près de lui, la frôler comme on se frôle à une aimable enjôleuse.

Le père Marc dut servir ses clients sous la vérandah.

C'était une adorable journée que cette dernière de fin d'avril, où se révélaient déjà les premières tiédeurs du printemps. Le soleil se prodiguait, jetant la vraie note gaie sur cet ensemble d'harmonie : en haut un ciel très clair, très limpide, à peine de légers nuages fuyant à toute vitesse comme stupéfiés de leur isolement, en bas, la mer très belle, très calme apparemment, roulant avec une majestueuse ondulation ses vagues soulevées et dont chaque crête se détachant en blanc sous le mirage, coupait de lignes bizarres cette immensité bleue, sur laquelle tranchaient encore de ci et de là des voiles en forme de triangle ou le panache horizontal des vapeurs desservant les côtes normandes. C'est à peine si au loin, dans le vague nébuleux, un œil exercé eût pu distinguer une petite ligne noire cerclant l'horizon.

Le père Marc n'avait point failli : le déjeuner était exquis et surtout servi de main de maître, aussi l'appétit aidant et un tantinet des bons crus peu ménagés, s'achevait-il dans le plus aimable laisser aller. C'était pour ces élus du bonheur comme un doux abandon de jeunesse, une satisfaction de la vie immense, un assoiffement, une plénitude de liberté, une exubérance de gaîté, de folie.

Jeancourt et Dufresnay avaient tout d'abord parlé de leurs années d'antan, celles monotones écoulées au bahut, à peine égayées par leurs promenades sur les bords de la Loire où leurs ébats sur les grandes nappes de sable. Puis ils avaient accordé un souvenir à chacun de leurs amis dont quelques-uns n'étaient plus. Ils s'étaient raconté leurs joies, leurs impressions au seuil de la vie, leurs plaisirs, leurs idylles à peine ébauchées. Maintenant, c'était l'avenir qui s'ouvrait en rose, à l'abri du besoin, malgré cette lutte pour l'existence, dont le travail de l'un et la fortune de l'autre, sauraient bien aplanir les aspérités. Et puis, en marchant de pair, ils se soutiendraient, stimulés qu'ils étaient par les charmes de deux aimables compagnes comme Raymonde et Angèle.

Celle-ci, passablement surexcitée, avait retrouvé toute sa blague de petit trottin parisien : très bavarde, elle entrecoupait la conversation de réflexions bizarres ou de protestations d'amour pour son amant auquel sans doute, comme d'usage, elle s'apprêtait à demander une nouvelle preuve de son attachement, une parure, un bibelot de rien, quelque caprice de femme saoûle, quand une idée lui survint :

— « Pourquoi n'irions-nous pas nous promener sur mer ? Je vois des pêcheurs qui partent ; l'un d'eux nous prendrait bien avec lui ? »

Et après un instant :

— « Ce mal de mer dont on parle tant, je voudrais bien le connaître, moi. Je suis certaine qu'il ne me ferait rien. Ce doit-être comme les montagnes russes ou à peu près, n'est-ce pas Henri ?

— « Oui, à peu près, ricana Dufresnay, tu en jugeras par toi-même, car ton idée est bonne. Qu'en pensez-vous, Raymonde, et toi Jeancourt, vous les fervents de la plage, une promenade en bateau ne doit pas être pour vous déplaire ?

— « Mais nous vous suivrons de grand cœur, répondit Pierre Jeancourt, à cette époque, du reste, c'est une des seules distractions de ces petites villes ; aussi, vite en route, car si nous sommes décidés, ne perdons pas de temps, il se fait déjà tard.

— « Oui, un peu tard, insista timidement Raymonde et nous ne pourrons aller bien loin, pour peu...... »

De violentes exclamations l'interrompirent : c'était Dufresnay et Angèle qui hélaient le père Marc, égaré autour de ses fourneaux, avec une impétuosité bien en rapport avec leur impatience.

— « Papa Marc, clamait Angèle, de plus en plus éméchée, debout près de la table qu'elle martelait à coups de couteau comme pour appuyer sa voix, papa Marc, amenez-vous ici. »

Et le maître d'hôtel d'accourir très leste, très agile.

— « Voilà, Madame.

— « Nous voulons nous balader sur mer, faites demander à l'un de ces pêcheurs, s'il veut bien nous emmener avec lui. Dépêchez-vous, papa Marc, je voudrais déjà avoir le mal de mer.....

— « Ces pêcheurs, Madame, vont à leur besogne, et ne se détourneront pas de leur chemin pour vous emmener, mais Yvon Pernec, le plus fin matelot des environs, va vous conduire aussi longtemps et aussi loin que vous le désirerez. Je vais l'envoyer quérir. »

Et frappant dans ses mains :

— « Codic, Codic, criait-il, à un petit bonhomme, au visage glabre, rachitique, bossu, tortillé comme arbre contrarié dans sa pousse, va chercher le père Yvon. S'il n'est pas chez lui, tu le trouveras pour sûr au *Chat qui pêche*. Cours et ne t'amuse pas en chemin. »

Le petit bossu s'éclipsa aussitôt.

Quelques instants après il revint, précédé d'un vieillard de haute stature, quoique un peu voûté, le teint cuivré, le visage encadré d'un collier de barbe blanche et mis comme tous les pêcheurs de la côte, de Ouistreham à Arromanches. Le gamin avait de la peine à le suivre, quoiqu'il fît manœuvrer ses jambes avec toute la vigueur de son frêle petit corps.

Le père Yvon fut introduit.

— « Bonjour la compagnie, dit-il en soulevant son vieux chapeau informe ; vous désirez faire une promenade en mer, à ce que je pense. Je veux bien vous conduire dans *la Mélie*, la plus solide coque de tout le rivage, et puis légère il faut voir. Mais vous n'avez guère plus que six quarts d'heure devant vous, car avant que le soleil ait tourné, le petit cercle noir qui s'aperçoit là-bas sera grand comme le rivage lui-même, alors il fera du grain et *la Mélie* et ceux qui seront dedans seront mieux en deçà de la falaise que de *loffer* contre le vent.

— « Eh bien, père Yvon, nous ne resterons que six quarts d'heure. Quand partons-nous ? »

— « Dans cinq minutes, descendez sur la plage pour embarquer », repartit le vieux marin qui, tranquillement, remit sa loque sur sa tête, sa pipe au coin de sa bouche et sortit en saluant.

— « Un vrai type, remarqua l'espiègle Angèle.

— « Et qui connaît bien son affaire, interrompit le père Marc qui desservait ; s'il fait du grain, comme il dit, vous ne trouverez pas une main plus sûre pour vous ramener au rivage.

— « Voilà au moins qui est rassurant, dit Pierre Jeancourt en se levant de table.

— « Que Notre-Dame-du-Bon-Secours vous protège, murmura le patron de *la Mouette*, par manière d'habitude.

— « Merci, répondirent les voix enjouées des deux femmes, merci et à ce soir. »

Et précédée d'Angèle qui chantonnait un refrain à la mode, toute la bande prit son envolée vers la plage.

Coquette et légère, *la Mélie*, sous les rudes poussées du vieux Pernec, cinglait vers la haute mer déjà tourmentée A la voir ainsi, esquissant la courbe des flots, tantôt affalée dans le creux de deux vagues dont les sommets lui faisaient en avant et en arrière comme un obstacle liquide quasi infranchissable, tantôt portée au sommet d'une lame dont elle dévalait bientôt pour remonter ensuite, on l'eût prise plus volontiers pour une épave à la dérive que pour une barque docile à la main de l'homme.

Le père Yvon ramait en obliquant ne voulant pas, par prudence. perdre la côte de vue, mais cela ne faisait point le compte d'Angèle. toujours tapageuse et qui voulait aller de l'avant pour être balancée davantage. Le vieux protesta et avec lui les deux amis, mais elle supplia : quelques minutes seulement pour lui faire plaisir et l'on reviendrait de suite, et puis les vagues devenaient si belles, si hautes, si folles, leur remous si agréable; quelques-unes même, dans leur fouettement brutal éclaboussaient les promeneurs. Dufresnay se laissa convaincre; il ne voulait pas contrarier sa maîtresse et pria Pernec d'avancer au large : que lui importait à lui, il en avait bien vu d'autres, et puis, il n'aurait pas à s'en repentir; aussitôt de retour, il y aurait pour lui une pièce blanche en plus et une bouteille de Calvados.

Sans répondre, le marin hocha la tête, mais obéit.

Déjà. le charme tombait. Fait tout entier de cette harmonie caressante qui aux heures choisies empoigne et captive, il allait s'effacer, disparaître comme un sylphe dans le lugubre chaos des brutalités de la nature. Le soleil, si riant, si limpide pâlissait et ses rayons en se reflétant moins nettement dans le bleuté des flots donnaient à ceux-ci une teinte grisâtre. Le petit cercle noir était devenu immense; de gros nuages, cachés à l'horizon, s'étaient développés parallèlement au rivage, menaçant de l'envahir et le vent qui les chassait, fouettant la mer, promettait aux vagues déjà irritées un appoint de violence et d'impétuosité.

Spectacle étrange de voir cette barque s'éloigner seule de la terre, dédaigneuse de la tempête qui gronde et comme vouée à sa perte, tandis qu'à ses côtés, c'est un retour mouvementé vers la falaise : bateaux, péniches, vapeurs, navires, les uns vides, les autres chargés convergeant vers le rivage ou vers l'abri, jusqu'aux oiseaux de mer, points blancs sur un ciel noir, qui gagnaient à tire d'ailes les refuges les plus proches.

Et les quelques pêcheurs qui avaient reconnu *la Mélie*, se signaient en murmurant : « Le vieux Pernec est devenu fou. »

Mais lui, impassible, tout entier au bruissement cadencé des rames coupant les flots, manœuvrait avec une apparente quiétude. De ses quatre passagers, diversement joyeux, mais également insouciants, deux se tenaient à l'arrière, calmes, ceux-là, blottis l'un contre l'autre, dans un aimable enlacement, les autres se trouvaient à l'avant, expansifs, bruyants, plaisantant même à l'envi des chocs violents qu'imprimaient à la barque quelques vagues plus furieuses : Ici Dufresnay et sa maîtresse : celle-ci moqueuse, gouailleuse même, riant comme une folle de voir paraître et disparaître dans le remous des eaux le chapeau de son amant qu'elle avait fait tomber à la mer dans un de ses mouvements brusques qui lui étaient familiers et que Dufresnay voulait bien quelquefois trouver adorables ; là, Raymonde, à côté de Pierre, enserrée contre lui, câline et craintive, incapable de se soustraire à ce double instinct qui rend l'amante coquette au contact de l'aimé et la femme anxieuse aux premiers frémissements d'une mer qui s'agite.

Elle était ainsi la Raymonde des beaux jours, attirante comme dans le coquet appartement du quai de Montebello et toujours charmeuse. Le vent avait bien quelque peu aplani l'ondulé de la chevelure d'ébène et fait dévier l'équilibre du chapeau, mais la physionomie n'en conservait pas moins cette attraction sensitive dont Mlle de Boisiraimé gardait le secret. Sa tête reposait sur l'épaule de Pierre ; ses yeux se levaient vers lui pour y surprendre quelques lueurs guettées, reflet d'une passion qui se trahit ; ses lèvres, elles aussi, semblaient aspirer vers les siennes, comme si, dans un dernier baiser, elle eût voulu traduire tout ce que son âme renfermait d'affection vraie et de douces espérances.

De son bras gauche, Jeancourt lui enlaçait la taille pour la protéger contre le crachement des vagues et aussi contre cette indicible appréhension qui envahit devant la majesté, l'imposante majesté des flots. Et de cette effusion si franche se dégageait ce je ne sais quoi de piquant qui tranchait au milieu de l'atmosphère enfiévrée : un point gracieux dans un sombre tableau.

Peut-être, victime de sa destinée, voulait-il, dans une étreinte suprême, donner comme un gage d'attachement, comme une consécration dernière à cette adorable maîtresse que les bizarreries de l'existence avaient jetée dans sa couche et dont, malgré lui, il s'était entiché, parce que là, il avait senti une autre nature, un autre amour qu'on chercherait en vain dans la grande famille de celles qui se prodiguent, soit par intérêt, soit par plaisir?

Ils demeuraient donc ainsi tout entiers l'un à l'autre, silencieux depuis un instant, pensant rêver et leurs rêves fuyaient vers le même ciel enchanteur, vers le même horizon qui fascine, caressant les mêmes chimères. Et malgré la tempête qui, dans une lugubre harmonie, unit sa plainte immense au sourd bruissement des flots, on eût pu les croire insensibles, en quelque sorte, isolés du spectacle grandiose, n'ayant plus de commun que leurs idées vagabondes et cette indéfinissable sensation de bien-être, heures préférées des amants, où d'un coup d'œil, d'un seul effort de l'imagination, ils aiment à évoquer tout un ensemble flatteur : les joies vécues, les tendresses de la minute qui glisse et les aspirations du lendemain.

Ils étaient encore sous le charme de cette aimable vision, qui est à l'âme assoiffée de bonheur, ce que la satisfaction est au désir, quand une lame puissante, énorme, bondissante, vint heurter l'embarcation qui faillit sombrer sous la brutalité du choc.

Heureusement *la Mélie* était légère et se maintint d'aplomb, mais l'onde, tout en calmant le transport des uns et rappelant les autres à la réalité, avait inondé les promeneurs et donné par son volume, un surcroît de charge qui pouvait être un danger.

Du revers de sa main calleuse, le père Yvon se frotta les yeux et pria les jeunes gens de s'employer à vider l'eau, pendant que lui allait virer de bord et rallier la côte.

Jeancourt plus prompt s'était aussitôt levé. Il enjambait la banquette pour obéir à la prière du vieux Pernec, quand une autre vague rageuse, irrésistible, qui semblait rouler sur ses voisines, les écrasant avec une force inouïe, vint prendre *la Mélie*, en plein flanc, l'inclinant si rudement que l'eau entra par le bord opposé.

Un cri s'échappa de toutes les poitrines, mais la trombe avait passé sur les têtes et une fois de plus *la Mélie*, admirablement charpentée, put se maintenir comme par un providentiel hasard. Malheureusement, elle avait perdu un des siens.

Surpris debout, Pierre Jeancourt avait été enlevé tel qu'une paille légère et charrié au loin par la vague, qui faisait de son corps comme un jouet au remous de ses tourbillons.

Quand son amante aveuglée par l'onde saline eut ouvert les yeux et eut compris, un autre cri succéda au premier, mais isolé, celui-là, anxieux, terrible, mortel. Déjà, une nausée, un dégoût de l'existence étaient montés au cerveau de Raymonde ; sa résolution fut rapide : déjà elle avait le pied posé sur le rebord et allait s'élancer pour rejoindre dans l'immensité béante, insatiable tombeau, celui qui pour elle résumait sa vie, sa religion, sa foi ; mais Yvon Pernec l'avait devinée et dans sa jugeotte grossière, il avait compris, lui aussi. Il saisit la pauvre désespérée par le bras et d'un mouvement brusque, brutal même, la fit plier jusqu'au fond du bateau où Dufresnay s'efforça de la retenir.

Sur un appel bien connu des marins et envoyé par Yvon, quelques barques se rapprochèrent. Les pêcheurs fouillaient les flots du regard, préparaient des bouées de sauvetage, mais après quelques minutes d'observation, habitués à ces rapts de la mer, ils comprirent l'inutilité de leurs efforts et s'éloignèrent en se signant.

Il ne restait plus au pilote que de ramer

dans leurs eaux et de gagner la falaise, ce qu'il fit aussitôt.

Lugubre dénouement d'une folle équipée! Triste crépuscule d'un jour dont l'aurore avait paru si rieuse! Piteux retour que celui de cette barque, laissant à la mer le meilleur de ses passagers, ne ramenant qu'une femme en délire et deux personnes frémissantes et transies!

CHAPITRE IV

Mai, c'est le printemps, le soleil, le rire de la nature. La sève jaillit en poussées vigoureuses. Dans les buissons, dans les corbeilles percent les premières fleurs, les bois eux-mêmes ont perdu leur odeur de glandée et du sol fécondé se dégagent les douces émanations de la bruyère et du muguet.

Mai, c'est le mois de l'aubépine, des lilas, des senteurs enivrantes, des désirs; c'est le mois de la Vierge et plus encore celui de Vénus, au sommet des buissons, près du nid qui se dresse, le rossignol lance ses premiers accords et derrière, bien à l'abri, l'amant retrousse les cottes et l'amante ne se défend pas. Dans la nature entière, c'est un hymne grandiose et vers les cieux une envolée troublante de fraîcheur, de gaîté et d'amour.

Pour Raymonde, mai, ce n'est plus que l'heure du grand deuil, de l'hébétante solitude, des angoisses de l'avenir ; ce n'est plus que la contradiction flagrante avec ce regain de vie qui l'enveloppe.

Après la disparition de son amant, après trois longs jours vécus dans l'isolement d'une chambre d'hôtel, sans un mot qui console, sans une affectueuse parole, tantôt affaissée dans un état de prostration voisin de la torpeur, tantôt secouée par la névrose du désespoir, elle se décida à reprendre le chemin de Paris. Là du moins, elle pourrait retrouver le calme et la quiétude et peut-être aussi une lueur fugitive du bonheur disparu, en revoyant la gentille garçonnière du quai de Montebello, où elle avait tant aimé, où chaque objet qui était un souvenir devenait une relique, où enfin, il lui serait permis de donner libre essor à sa pensée, quand elle voudrait se retremper dans l'inhumaine vision des beaux jours écoulés. La vapeur l'emportait rapide, vertigineuse, les arbres, les maisons, les villes entières ne faisaient que paraître, glissant comme des sylphes devant la portière, près de laquelle elle était accoudée.

Voilà les fortifications ; elle se retrouve dans la grande ville, seule encore une fois, seule comme au jour où elle a fui le toit paternel, mais ce jour-là, du moins, un amour la guidait. De sa petit main finement gantée, elle cherchait à comprimer les pulsations de son cœur qui, sous le velouté du corsage, battait à se rompre, mais c'était d'espérance et d'envie, car il battait alors à l'unisson d'un autre cœur ; aujourd'hui, au lieu de son émotion si vraie, elle sent comme un vide ; c'est bien le délaissement brutal, l'effondrement ; plus d'ami, plus d'amant, plus personne et plus rien. La grosse machine noire qui remorque le train lance de minute en minute des sifflements aigus et la voici qui entre, majestueuse, dans le hall grandiose de la gare Saint-Lazare, étourdissant avec ses mille et mille lumières, son mouvement incroyable de trains, trains de grande ligne, trains de banlieue, trains de luxe, trains d'ouvriers, trains de riches, trains des pauvres, allant, venant, se croisant, s'entre-croisant dans un frôlement sec, jettant de ci et de là des grappes humaines qui se désagrègent pour s'engouffrer dans l'immense cité, ou charriant au loin des flots de voyageurs, entassés par douzaines dans quelques mètres carrés.

Raymonde descend, agacée de ce mouvement, de ces cris, de ces chants, de ces disputes, de ces jurements. Elle a hâte de se soustraire au contact de cette foule qui la brusque, dont les uns la regardent d'un air curieux, les autres lui décrochent une plaisanterie grivoise. Elle crie son adresse au premier cocher venu et se jette dans un fiacre.

Elle approche du but. Enfin, elle va pouvoir s'affranchir de toute gêne, de toute contrainte, elle va retrouver le calme, le repos, le silence, ces doux rêves des âmes éprouvées ; mais, hélas ! la concierge a entendu l'arrêt de la voiture et reconnu la voyageuse. Elle se précipite. Elle avait appris la catastrophe par Dufresnay et voilà les condoléances, les jérémiades qui pleuvent à nouveau, Mme Pipelet va presque s'attendrir :

« Lui, un si brave garçon et qui payait si bien son terme... jamais de bruit dans son appartement... et un homme qui n'aurait pas osé déranger une concierge après minuit, quelqu'un en un mot qui comprenait la vie... Quel malheur !... »

Elle jasait, très bavarde, en vraie concierge, retenant la pauvrette sur le seuil de la porte, quand un pâle voyou vint à passer qui, d'une voix avinée, se prit à chanter ces stances de Mac-Nab :

> Sur la froide pierre,
> Dépourvu de bière
> Fermant la paupière
> J'air l'air endormi.
> . . . .

Raymonde tressaillit, saisie d'un frisson, secouée d'un tremblement semblable à celui qu'on éprouve, quand une vision mauvaise glisse devant vos yeux.

Pourquoi lui rappeler que le corps de son amant, comme celui de l'athlète, gisait sans sépulture dans quelque cloaque ignoré et qu'elle-même, éprouvée parmi les éprouvées, n'avait pas eu la consolation suprême de lui fermer les yeux.

Elle ne le savait que trop! Impressionnée, elle se précipita dans l'escalier et, derrière elle, ferma bien vite la porte du logis.

Tout s'y retrouvait dans un charmant désordre, tel que Jeancourt l'avait laissé.

Ici un livre ouvert, corné à la page, là sa pipe égarée sur un meuble, plus loin sa canne, partout de ces petits riens qui lui rappelaient l'absent comme aux heures délicieuses où elle guettait son retour.

Enfin, brisée d'énervement et d'émotion, elle s'assoupit, demi-rêveuse, mais le sommeil lui fut rebelle jusqu'à l'aurore. Elle songeait alors aux jours limpides d'antan et à ceux plus sombres du lendemain ; dans son imagination tourmentée, elle ébauchait mille projets qu'elle écartait tour à tour, comme ne répondant pas à ses intimes désirs.

Irait-elle retrouver son père malade? Ce serait le devoir d'une bonne fille, mais celui-ci la désirait-il, la voulait-il, comme à l'enfant prodigue lui pardonnerait-il sa fugue et surtout son déshonneur? Ou bien, néophyte de l'amour, poursuivrait-elle l'oubli dans la solitude d'un couvent? La piété n'était pas effacée; elle savait encore prier; cloîtrée, recluse, ce serait bien dans le renoncement spontané aux flatteries du monde le plus fervent hommage à la mémoire de l'aimé, en même temps que le respect de la foi promise. Mais avait-elle la vocation? Pourquoi comme tant de ses pareilles, qui recherchent dans l'éloignement une virginité factice, n'essayerait-elle pas de se marier dans un pays lointain, où l'on ignorerait son escapade? Elle pouvait encore vivre seule à sa guise, selon son caprice et sa fantaisie. Cette dernière idée la flattait beaucoup, lui souriait presque, elle s'y arrêtait plus volontiers. Elle changerait d'appartement, peut-être de quartier, dans la maison où elle habite on ne garde pas les femmes seules; mais dans sa nouvelle demeure, elle aurait une pièce réservée où personne n'entrerait, tabernacle secret où elle aimerait, délicieuse prêtresse, à disposer de ses propres mains les multiples ornements : quelques meubles de Pierre, ses livres préférés, mille petits riens qui lui rappelaient une date, un voyage, une partie de plaisir ; ici, ce tableau ; là, cette statuette, et sa pensée vagabondait, légère, dans les infimes détails de cette pieuse installation, quand le sommeil vint la surprendre au petit jour.

Vers les neuf heures, un coup de sonnette retentit, violent, impérieux; Raymonde se leva à la hâte et passa une robe de chambre, mais les coups redoublaient, impatients, peu distancés.

Elle ouvrit la porte et dans la pénombre elle aperçut un homme de taille moyenne, plutôt trapu : une petite tête sur de larges épaules ; le visage complètement rasé, affublé d'un chapeau à larges bords et d'un complet de coupe antique, très luisant : un vrai type de paysan aisé, sanguin. Derrière lui s'effaçait une petite vieille, ratatinée par l'âge, sèche, ridée, les cheveux presque blancs, enfouis sous une coiffe noire ornée de dentelles, et vêtue d'une robe d'étoffe grossière.

C'étaient le père et la mère de Pierre Jeancourt.

L'homme entra vivement, heurtant la porte d'un coup d'épaule et sans un salut, sans une parole d'excuse, suivi de sa commère, s'engouffra dans la première pièce qui s'ouvrait devant lui et qui était la chambre à coucher.

Attérée, Raymonde les suivit :

« C'est vous, la Boisiraimé, dit-il, brusquement, en s'adressant à cette dernière, eh bien ! ce n'est pas la peine de porter un nom comme le vôtre pour le traîner dans le ruisseau. Si encore vous aviez couru la débauche avec des pareils à vous, au lieu de jeter la désolation dans une famille de paysans, honnêtes, celle-là, et qui n'a rien à se reprocher ! Mais il a fallu que ce soit vous, qui veniez détourner notre Pierre, un rude à la besogne et qui ne se dérangeait jamais avant de vous connaître. Car c'est bien vous qui l'avez entraîné à Luc-sur-Mer et partout ailleurs, c'est bien vous qui l'avez fait griser sans doute et êtes cause de sa mort. Depuis qu'il vit avec vous, lui qui tous les huit jours écrivait au pays, c'est à peine s'il nous a donné quatre ou cinq fois de ses nouvelles et jamais il n'est revenu nous voir..... Joli métier que de ravir au cœur du fils l'amour de ses parents !..... Et dire que c'est à cause d'une créature comme vous, d'une rien du tout, que deux vieillards qui n'avaient qu'une seule consolation, un seul espoir, sont plongés dans le deuil..... Canaille, va !... »

Et le vieux crachait sa haine, vomissait sa rage contre cette grande belle fille, étourdie de cette profusion de reproches, de ce flot d'injures, paralysée, ne sachant que répondre. Plus coléreuse, la petite vieille opinait du geste, montrait quelquefois le poing, surenchérissait sur les grossièretés de son homme.

— Coquine !

— Misérable !

— Gourgandine.

Et sur leurs lèvres séniles, plissées par le rictus de la haine, affluait une bordée d'outrages qui cinglaient Raymonde en plein visage, comme autant de flèches acérées, mordantes. Mais devant ces infamies qu'elle méritait si peu, la jolie fille eut une poussée de fierté, de révolte.

— « Si vous êtes les parents de Pierre, votre fils valait mieux que vous. Jamais il n'aurait insulté une femme sans défense, et présent, il vous eût bien empêché de le faire. Libre à vous de mépriser la femme, mais respectez tout au moins sa douleur, au nom de l'amour que Pierre avait pour moi et que je lui ai rendu de toute la force dont j'étais capable.... »

Le vieux Jeancourt fut intraitable ; il était paysan avant tout et imbu des préjugés de sa caste. Aujourd'hui, nobles et bourgeois ne montrent plus cette morgue hautaine à l'encontre de l'immense famille des irrégulières, demi-mondaines, courtisanes ou grisettes. Ils se civilisent. D'aucuns même les entourent de certaines prévenances : pour l'homme de nos campagnes au contraire, toute fille entretenue, qu'elle soit en haut ou en bas de l'échelle, est englobée dans le même dédain : C'est un être sans générosité et sans cœur : une machine à saisir l'or, une sorte d'exploiteuse qu'il place bien au-dessous de la plus rachitique de ses vaches.

Aussi, futé, le vieux trouva la réplique qui frappait juste et il l'interrompit d'un air narquois, presque moqueur : « Oui, oui, je m'y attendais..... Si vous l'avez aimé tant que ça, vous n'aviez qu'à l'épouser, mais une fille comme vous va bien jusqu'à s'offrir un caprice, mais se mésallier avec un fils de paysan, jamais..... et puis, nous ne sommes pas ici pour entendre vos hypocrisies, nous venons chercher les affaires du fils. On va les enlever de suite. Habillez-vous et laissez-nous la place, et s'il y a un Dieu, qu'il vous rende le mal que vous nous avez fait! »

Au bout de chaque calvaire, il y a donc un Golgotha! Non seulement elle qui avait tant aimé, aimé de toute son âme, avec passion, avec frénésie, avec l'infinie tendresse dont une femme est capable, elle qu'enveloppait encore un frisson de volupté au seul souvenir des caresses échangées, elle qui, hier, insouciante et gracieuse, buvait jusqu'à l'ivresse à la coupe du bonheur, la voyait d'un seul coup se briser dans sa main, comme si la mort impie l'eût frôlée, elle aussi, de son aile lugubre, ou venait encore et à plaisir lui retourner le fer dans la plaie. Non seulement on ne croyait pas à la sincérité de son affection, non seulement on la traitait comme la dernière des filles, mais on riait presque de son attachement vrai pour son Pierre, pour son idole, pour cet homme dont elle raffolait encore et qui remplissait si pleinement sa pensée et son cœur, pour cet amant, qui seul avait tracé au livre de sa jeunesse le passage vraiment enchanteur qu'elle aurait voulu relire encore, relire toujours, mais dont les feuillets avaient déjà glissé entre ses doigts.

Non seulement, il ne lui avait pas été permis de déposer un dernier baiser sur ses lèvres glacées, mortes à l'amour, ou d'arroser de larmes de sang le marbre de sa tombe, mais on voulait de plus lui ravir jusqu'aux petits riens qui lui rappelaient l'absent, inutilités pieusement amassées, dont elle s'était servi avec lui et auxquelles elle tenait comme à la prunelle de ses yeux. C'était de la cruauté, de la barbarie, de la férocité !

Et sa poitrine se gonflait sous la poussée du désespoir, sous l'aiguillon de la révolte ; elle se préparait à dire bien haut sa passion, à se réclamer du charmant privilège que donne aux cœurs aimants la plénitude de leur amour et de leur invariable fidélité, mais elle comprit qu'elle n'était, après tout, qu'une entretenue et qu'elle se heurterait fatalement à un droit qu'aggravait encore la rapacité des deux paysans entêtés qui maugréaient devant elle. Alors elle se fit humble et suppliante et comme Madeleine, se jeta aux pieds du père de son amant et tout d'un coup se souvint qu'elle était riche.

Qu'on lui laisse tous ces objets, elle les paierait ce qu'on voudrait, cinq mille, dix mille, vingt mille francs, mais que par pitié, on ne lui arrache pas jusqu'à la dernière consolation qui lui restait. Dans son affolement, dans cette échappée de larmes, elle criait des chiffres, qu'elle doublait aussitôt, sans se rendre compte, en pauvre inconsciente, offrant vingt mille francs de ce qui valait à peine le quart.

C'était une séduction, un mirage doré. L'instinct du paysan se réveille aussitôt chez le vieux Jeancourt. Il savait Raymonde riche et sur le point de le devenir davantage. Il se fit plus doux, consulta la vieille. Peut-être bien que l'on pourrait s'entendre, mais les meubles avaient de la valeur ; ils avaient coûté fort cher et puis ils y tenaient eux aussi, c'était tout ce qui leur restait du petit. Enfin si la demoiselle voulait, qu'elle donne quinze mille francs pour le mobilier et l'on n'emporterait que quelques bibelots, des effets intimes, mais si elle préférait, pour cinq cents pistoles de plus, on lui abandonnerait le tout, seulement c'était à prendre de suite contre argent comptant ou un petit papier bien en règle ; dame, on ne sait pas ce qui peut arriver.

Alors Raymonde écœurée souscrivit un billet de vingt mille francs, payable chez son notaire à Nevers. Défiant, le vieux l'examina avec soin, s'inquiéta de l'âge, le passa à sa femme et satisfaits sans doute de ce double examen, tous deux se retirèrent en risquant un bonsoir.

. . . .

La vision mauvaise s'était évanouie !

FIN DE LA PREMIÈRE PARTIE

DEUXIÈME PARTIE

CHAPITRE PREMIER

29 avril 1890. Cinq années jour pour jour s'étaient écoulées depuis le subit événement que nous venons d'esquisser et le père Marc, vieilli, cassé, mais toujours remuant, faisait encore les cent pas devant la coquette petite station de Luc-sur-Mer.

Cette fois, le Decauville fut exact, car le dernier coup de la onzième heure venait à peine de tinter à la minuscule horloge cachée sous l'auvent, que le train décrivait la courbe en sifflant.

Des voyageurs descendirent, assez nombreux et tous du pays.

Seule, parmi cette cohue de travailleurs, de besoigneux, une jeune femme en deuil, pâle sous son voile noir, se distinguait par l'élégante simplicité de sa toilette. C'était Raymonde de Boisiraimé, plus jolie qu'autrefois, plus femme, sous le crépon léger, très diaphane, on distinguait aisément l'expressive pureté du visage, gentillement encadré par sa chevelure d'ébène, quelle étalait maintenant de chaque côté du front en bandeaux très-serrés. Le regard n'avait rien perdu de sa limpidité, seul, le teint était plus mat et la physionomie empreinte de cette langueur, reflet de la souffrance. De la sévérité voulue de son costume, de son allure réservée se dégageait un parfum de distinction d'une exquise harmonie.

Dès que le propriétaire de *la Mouette* l'eut reconnue, il salua respectueusement.

Bonne fille, elle lui tendit la main et tristement :

— « Voilà cinq ans, père Marc, et il me semble que c'était hier.

Puis une larme glissa.

— « C'est vrai, Madame, déjà cinq ans, et

son souvenir ne m'a pas quitté..... Quel malheur..... lui si jeune et qui vous aimait tant!..... »

Et remué par cette échappée d'une émotion si franche, il entraîna la voyageuse.

L'hôtel de *la Mouette* était bien le même avec ses chambres aux larges baies, la salle grandiose, sa vérandah toujours gaie. Dans cette dernière, tout au bout, près la falaise, une petite table était dressée et quatre couverts mis ; sur l'un d'eux un bouquet : quelques branches de mimosa, une touffe de roses-thé, des violettes de Parme, fleurs préférées de l'absent. C'est-là que Pierre Jeancourt avait pris son dernier repas.

Après s'être débarrassée de sa mantille et de quelques bibelots qui sont les délices des voyageuses coquettes, Raymonde s'assit à cette table, isolée, petite dans l'immense vérandah inondée de soleil, vis-à-vis de cette place déserte et qui cependant lui rappelait une des dernières étapes de sa félicité perdue. Sa tête reposait sur le revers de la main gauche, ses regards se perdaient dans le vague horizon qui là bas noyait sa nappe azurée dans le bleuté des flots, si mollement ondulés, qu'ils semblaient se jouer et narguer sa douleur.

Indifférente aux curieux qui l'épient, songeuse aussi, elle se représentait d'abord sa promenade dans *la Mélie*, fuyant gaiement le rivage, enlacée à l'aimé, caressant tous les deux les doux rêves des amants; puis son imagination vagabonde la ramenait aussitôt à la minute brutale de la séparation; la blessure mal cicatrisée se rouvrait à nouveau et volontiers elle eût crié sa haine à cette mer perfide qui lâchement lui avait ravi son idole. Quelques instants plus tard, une heure à peine et le rapt était consommé. Elle se retrouvait seule, bien seule cette fois, dans une chambre froide, glaciale, presque délaissée par ses compagnons de plaisir, n'ayant même pas la consolation suprême que l'implacable mort n'ose refuser à ceux qu'elle éprouve, celle d'avoir un tombeau pour y lire un nom et pleurer. Alors ses beaux yeux noirs se voilaient et à travers les cils très longs perlaient quelques larmes furtives, salutaire épanchement d'une âme qui souffre, discret hommage aux mânes du disparu.

De quels fantômes, de quelles futilités, de quelles chimères voulait donc se bercer son pauvre cœur endolori, en revenant chaque année sur cette plage meurtrière? Du bonheur envolé est-il donc un secret retour? Sans doute, en femme qui sait aimer, elle cherchait dans la poursuite d'illusions fugitives à donner comme une calmante et suprême satisfaction aux déchirements de son cœur, à l'assoiffement de son amour surexcité par l'aspect de ces lieux de lugubre souvenance!

Fatigué d'attendre en vain un appel de sa cliente, le père Marc se risqua et offrit de quelques plats, exactement les mêmes qu'il avait servis le 29 avril 1885. C'était un ordre. Mais Raymonde les voyait défiler sans appétit, sans désir. C'est à peine si elle touchait à l'un d'eux et encore fallait-il qu'on usât d'un innocent stratagème, en lui déclarant que Jeancourt en avait mangé beaucoup. Alors elle se décidait, grignotait quelques bribes de viande du bout des lèvres pour retomber aussitôt dans sa rêverie.

Bientôt, elle entrevît du mouvement sur la plage et aperçut un solide gaillard, un pêcheur, suivi d'une quinzaine de gamins qui venaient démarrer une barque

Elle s'en fut à leur rencontre.

Cette barque s'appelait *la Mélie*, le grand gaillard, c'était Pernec, non plus le père Yvon qui avait succombé à la peine, englouti par la mer, lui aussi, pendant un sauvetage, mais son fils Jean, qui avait pris la succession et ne démentait pas la réputation du vieux.

Jean Pernec conduisait Raymonde pour la troisième fois. Il savait.

Arrivé à quelques milles, à gauche, il reposa ses rames, laissa *la Mélie* se balancer au gré des vagues, puis silencieux, les bras croisés, attendit. Sous sa rude enveloppe, avec son gros bon sens, il ne pouvait se défendre d'une respectueuse sympathie pour cette femme jeune et belle, dont la douce physionomie semblait se fondre dans une muette douleur au souvenir de l'adoré; secrètement aussi il s'étonnait de cette constante fidélité de l'amante à laquelle la beauté et la richesse, pourtant si capricieuses, n'avaient refusé aucune de leurs faveurs, qui n'avait qu'à ouvrir les bras, à faire un signe, à vouloir en un mot pour être adulée et choyée, et qui cependant fidèle à la foi promise, conservait entière dans son cœur la religion du souvenir et dans sa pensée l'image de celui qui fut et devait rester son unique caprice, même dans les étapes accidentées de sa vie galante.

Puis quand se fut achevée la muette, mais ardente invocation, quand elle se fut envolée vers les rives enchantées d'outre-tombe, limbes inconnues où gravitent les âmes que le destin affranchit des réalités d'ici-bas, Jean Pernec ressaisit ses rames, dont les coups secs cinglant les flots, firent glisser *la Mélie*, vers le rivage, où les quinze gamins attendaient toujours.

Tous les ans, au même jour, ils accouraient sur la falaise, les petits bambins, pour saluer la grande dame noire, comme ils l'appelaient et qui leur distribuait de gros sous et parfois des pièces blanches et pour rien au monde, ils n'y auraient manqué, car ils l'aimaient bien cette généreuse étrangère, jolie comme une madone, et qui leur parlait avec une voix si douce.

Raymonde fit sa distribution habituelle et revint à l'hôtel d'où elle sortit presque aussitôt pour se diriger vers la gare, accompagnée du père Marc pour qui c'était une tradition. Vingt minutes plus tard, la vapeur emportait pour toujours la fervente néophyte.

C'était jour de marché à Luc et quelques fermiers s'étaient attardés à *la Mouette*, qui avaient remarqué Raymonde, bien qu'elle ne fît pas attention à eux. Les agissements de cette belle fille tout éplorée, mangeant à l'écart et comme détachée de ce qui l'entoure, les avaient intrigués et bien qu'ils se doutassent de quelque mystère d'amour, en paysans curieux, ils ne manquèrent pas d'interroger le père Marc, dès qu'il fut de retour. Très bavard, le vieux dit ce qu'il savait, par saccades, au caprice de sa mémoire. Il raconta la fin tragique de Pierre Jeancourt, les pleurs de l'amante, ses pèlerinages en mer.

— « Oui, narrait-il au hasard de ses souvenirs, il peut se vanter d'avoir été aimé, celui-là et par une jolie fille. C'était du reste un beau gars lui aussi, une vraie paire d'amoureux, quoi, faits tout exprès l'un pour l'autre. — Voilà juste aujourd'hui cinq ans qu'ils sont venus pour la première fois à *la Mouette* et ma foi le pauvre cher homme ne s'en est point retourné. Il est resté à la mer dans une promenade qu'ils ont faite ensemble..... mais il n'a pas eu affaire à une ingrate, car elle faisait peine à voir pendant les trois jours qu'elle est restée ici après l'accident. J'ai cru qu'elle allait en devenir folle, même qu'il fallait toujours quelqu'un à côté d'elle, car elle voulait se détruire..... c'eût été dommage, un beau brin de fille comme ça..... et puis, voyez-vous, ça a du cœur.

Depuis la mort de son amoureux, tous les ans elle revient au pays.

La première fois, elle m'a écrit, je suis allé au-devant d'elle, mais dès qu'elle m'a aperçu, elle s'est prise à pleurer que ça m'en faisait de l'émotion à moi-même..... Elle a voulu manger seule, à la même table où elle avait déjeuné avec son Pierre, car il s'appelait Pierre son prétendu, mais un oiseau aurait mangé plus qu'elle. Elle est restée là, tout une heure, à regarder la mer, sans rien dire, comme si elle rêvait. A la fin, elle m'a appelé, elle voulait revoir l'endroit où il avait disparu. Alors moi, j'ai fait demander défunt Yvon Pernec, mais auparavant, je lui ai fait une petite recommandation, je craignais qu'elle ne se jette à la mer, car le père Yvon m'avait raconté sa tentative de l'an passé..... paraît que ç'a été inutile, elle a été bien sage.

Le soir même elle est repartie en me disant : « A l'année prochaine ».

L'année suivante, elle est revenue bien exactement, mais je n'étais pas allé l'attendre. Je m'étais dit qu'elle avait dû en trouver un autre, et ne songerait plus à celui-là. Elle m'en a fait reproche, mais sans fâcherie, tout doucettement : « Vous croyiez donc que je l'avais oublié. » Ç'a été tout. Elle a commencé son déjeuner, sa promenade en barque, et depuis n'y a jamais manqué.

Elle arrive aux mêmes heures, portant le même costume, mange toujours dans la vérandah, à la même table, où elle veut qu'il y ait un bouquet et quatre couverts, puis vers les deux heures, elle va faire un tour en mer et ne veut personne d'autre pour la conduire que Jean Pernec. Il la mène à trois milles environ, en face de la pointe des Ecoures, et quand il est arrivé à peu près à l'endroit où son amant a été enlevé, il lui dit : « C'est ici, Madame : » Alors elle fait arrêter la barque, dit une prière, jette le bouquet à la mer et revient toute triste, toute marrie, mais soulagée...

...Ce doit être son premier, pour sûr, car il lui tient trop à l'esprit.

...Et puis elle est bonne fille et pas fière du tout ; ainsi en arrivant et en partant, elle me tend toujours sa petite main qui est très fine et ne manque jamais de me dire : « A l'an prochain, si je ne reviens pas, père Marc, c'est que je n'y serai plus. »

Et de fait, elle est toujours revenue.

. . . .

Ils étaient tous les deux de bien loin, des Morvans, à ce que je pense, car le père du jeune homme est venu ici pour retrouver le corps de son garçon, mais il en a été pour sa peine..... Il a même dit toute sorte d'horreurs contre moi d'abord, parce que j'avais logé les amoureux, comme si on n'était pas libre maintenant d'héberger qui on veut, et aussi contre la dame qui vient de partir. Il a raconté comme ça que c'était une noble de son pays qu'avait mal tourné, qu'avait débauché son fils, et puis qu'elle n'avait pas que lui, qu'elle gagnait sa vie en courant le gildiou..... Mais tout ça, ça doit être des mentes. Possible qu'elle ait débauché son fils, ce qui n'est pas encore prouvé, en tous cas, elle l'a rudement aimé..... Et puis, croyez-moi, ce n'est pas une créature, comme il veut bien dire, je connais ça, moi, les créatures, j'en ai vu défiler quelques-unes à *la Mouette*, pendant la saison, depuis quarante-cinq printemps que j'y suis, eh bien! elles ont d'autres façons que ça, et rien qu'à leur langage, elles se reconnaissent tout de suite... Non, pour moi, voyez-vous, c'est une femme comme il faut, qui a eu un malheur, voilà tout...

C'était une poussée de verve et le père Marc allait s'égarer dans l'infini des suppositions, chimériques enfantements de son cerveau, mais les auditeurs se déclarèrent satisfaits et prirent congé du vieux, mécontent d'être interrompu en pleine éclosion de son péché favori.

CHAPITRE II

Peu de temps après la visite, tout à la fois insolite et lucrative des deux vieillards, Raymonde, le cœur bien gros, dut quitter le logement du quai de Montebello, qui résumait à lui seul tout une épopée d'amoureuses folies, pour se retirer dans les quartiers tranquilles de Passy. Là, elle vécut très à l'écart, heureuse apparemment, si tant est que le bonheur puisse se mesurer aux satisfactions matérielles, isolée des foules, des cohues bruyantes, n'apparaissant aux premières qu'à de rares intervalles, toujours accompagnée d'une vénérable matrone, dame de compagnie, qu'elle s'était adjointe et qui ne la quittait presque jamais.

Depuis plusieurs mois, M. de Boisiraimé était mort, doublant les ressources de son unique héritière, mais Raymonde ne changea pas sa manière de vivre ; elle n'en profita que pour donner plus d'essor à sa passion des voyages à laquelle elle s'abandonnait, comme s'abandonne la souffrance aux caresses de l'oubli.

Régulièrement au printemps et à l'automne elle s'expatriait, visitant les grandes capitales voisines, les villes célèbres, les stations balnéaires connues, mais toujours le 27 avril la retrouvait à Paris et le 28 au soir, elle repartait derechef pour accomplir à Luc-sur-Mer son pèlerinage d'amour. C'est là qu'en 1890 nous la revoyons pour la dernière fois.

Six années et demie s'étaient écoulées depuis la minute tant de fois ressouvenue où elle s'était jetée dans les bras de Pierre Jeancourt : l'homme avait disparu, mais l'amour était resté vivace, indéracinable, tenace. Et pourtant les occasions ne lui avaient pas manqué ! que de soupirs, que d'œillades enflammées, lorsqu'elle se promenait au Bois ou dans Paris, tantôt à pied, tantôt mollement bercée dans sa haute victoria, insensible à ces flammes, à ces ardeurs, les rendant plus terribles, plus audacieuses, plus osées par la froideur même dont elle semblait les accueillir! Que de bouquets de fleurs les plus rares, que de cadeaux d'une richesse inouïe ne lui avait-on pas envoyés, en échange d'une ligne de sa main, d'un simple sourire ou de quelques minutes d'entretien! Mais à peine étonnée de cette profusion d'hommages, elle renvoyait toujours ces présents, et singulier retour du caprice humain, plus elle en refusait, plus ils abondaient.

Aujourd'hui, femme de vingt-six ans, belle, gracieuse, élancée, merveilleuse silhouette de Parisienne, dégageant tout un parfum d'indicible séduction, elle était restée plus de cinq années, fidèle aux serments d'antan, fidèle à son premier amour, fidèle à la mémoire de son Pierre qu'elle vénérait encore, qu'elle idolâtrait toujours, même dedans la mort, presque aussi follement qu'à l'heure de ses vingt ans, quand son étoile l'avait guidée, timide, dans le modeste logis d'un jeune homme que son nom et son milieu ne semblaient point destiner à une aussi bonne fortune.

Oyez bien ceci, femmes, filles, maîtresses, vous toutes, néophytes ardentes, qui vous êtes abandonnées sincèrement, loyalement, sans réserve, dans une infinie volupté d'espérance et d'amour et qui peut être, déçues ou délaissées, avez cherché dans la poursuite d'une passion nouvelle à étouffer les angoisses de celle première disparue ; consultez votre cœur et vous verrez alors que l'amour ne se déplace pas comme l'axe d'un frêle esquif ou un fétu de paille dont se jouent les vents.

CHAPITRE III

La femme restera toujours l'éternelle sensitive devant qui sait la choyer.

Un fin sourire perlait sur les lèvres de Raymonde, quand elle se voyait l'objet des frivolités d'une interminable théorie de soupirants, où s'enrôlaient à l'envi les inutilités, les nullités et aussi les antiquités. Elle était trop perspicace pour ne pas saisir à merveille le bas calcul de ces désœuvrés qui la voulaient, parce qu'elle était sage et jolie, qui la désiraient pour satisfaire à une brutale gloriole, pour afficher sa beauté, comme on affiche un cheval de prix dans l'allée des Poteaux, ou une toile de maître dans un salon privé ; et cependant amante impeccable, fanatique du souvenir, elle qui depuis le suprême enlacement avait bravé toutes les caresses et tous les désirs, elle allait à son tour, délicieuse et coquette, buvant dans un ravissement surhumain le miel de la flatterie, se livrer malgré elle aux voluptueux caprices du comte de S...

Le comte de S... était Angevin. Avant les femmes, il avait caressé la politique et à bien compter, il trouvait les premières plus souriantes et belles.

Il avait aussi je ne sais quoi de Jeancourt, une vague similitude d'allures et de démarche et puis, comme tant d'autres, il n'affichait pas bruyamment sa passion. Il se contentait d'aimer ; c'était peut-être moins flatteur, mais plus doux, à coup sûr. Finaude, Raymonde ne s'y trompait point.

Maintes fois, sur son chemin, elle l'avait rencontré respectueux et soumis, semblant épier un regard et guetter un signe d'amitié, en homme qui désire, mais sans aplomb, sans forfanterie. De ci et de là, il envoyait un bouquet d'une simplicité voulue, sans épître :

sa carte avec un mot aimable, jamais osé, toujours discret.

Au lendemain de son pèlerinage à Luc, elle le revit ainsi, près la porte Dauphine, et osa son premier sourire.

Ce fut sa perte.

Plus qu'en politique, le comte de S... était en amour tacticien habile ; il manœuvra si bien que trois semaines plus tard, Raymonde lui accordait asile.

Quand toute blanche à travers les plis diaphanes de sa chemisette, elle se fut glissée dans le grand lit à colonnes, sous le moelleux satiné de la couverture, quand elle sentit près de sa chair, la chair d'un autre homme, le premier qui l'approchait depuis plus de cinq années, elle se raidit sous ces contacts oubliés. Puis lorsque, sous une profusion de caresses très tendres, il voulut prendre le droit qui semble être en pareille occurrence l'apanage de l'hospitalité, dans une lueur, dans un éclair, l'image de Pierre Jeancourt passa devant les yeux de Raymonde : elle jeta un cri mi-étouffé par une échappée de larmes et au risque de tout rompre, elle s'enfuit, comme une hallucinée, murmurant des mots de grâce, demandant pardon à l'idole évanouie. Ce ne fut que quelques jours après, dans la fièvre d'un enlacement surpris à sa pitié plutôt qu'à son désir, que Raymonde se réveilla la maîtresse d'un autre homme.

Que de pleurs, que de larmes vraies marquèrent ce que, dans sa religion d'amante, elle considérait comme sa première chute! Elle se trouvait diminuée, se sentait amoindrie, à ses propres yeux, et voyait là un outrage à la mémoire de l'aimé. Et son pauvre esprit s'égarait dans la recherche d'une excuse, dans l'infini des paradoxes. Elle ne pouvait pas rester éternellement seule; la vie a ses exigences, ses nécessités et dans la nécessité même, il y a quelquefois des défaillances, des turpitudes. Elle s'arrêtait volontiers à cette idée de force inéluctable, l'évoquait aux minutes d'amertume, comme le condamné invoque le pardon. Parfois, dans son cerveau tourmenté, elle entrevoyait l'ombre attristée de Jeancourt qui semblait la repousser de la main et la maudire comme une parjure, une relapse... et puis quelle différence entre les deux amours ! Là, elle avait trouvé l'idéal charmant dans l'aimable réunion des désirs de la chair et du cœur : ici, ce n'était plus que la chair seule qui parlait, le cœur était ailleurs et quand, contrainte, elle s'abandonnait, elle pensait à Pierre.

Malgré les froideurs voulues de Raymonde, malgré cette mollesse dans le désir, ce laisser aller béat, ou dans une mimique de martyre, elle trahissait son immense aversion aux minutes intimes, le comte de S... demeurait sous le charme. Lui le viveur, gavé d'orgies, repu des tressaillements de la chair, qui peut-être serait resté insensible aux formes souples et fraîches de la jeune fille en pleine éclosion, se grisait du rire des yeux, des frissons de la gorge, de l'ivresse en un mot qui découlait, profonde, de cet ensemble harmonieux de la femme faite, aux hanches développées, aux contours fortement dessinés, excitant le désir.

Mais elle, restait glacée. Plus les jours fuyaient, plus elle s'irritait de sa présence. A son approche, elle devenait nerveuse; s'asseyait-il, elle se tenait debout, comme si elle avait hâte de sortir. L'interrogeait-il, elle détournait la tête pour ne pas répondre, lui demandait-il discrètement, timidement même, l'emploi des heures trop longues pour lui et pour elle trop hâtives qu'elle avait vécues loin de lui, elle répondait d'un air agacé, gêné, par monosyllabes, ne se souvenant pas, invoquant sa paresse. Lui offrait-il un écrin, ou un bouquet payé son poids d'or, un imperceptible frémissement filtrait sur les lèvres de Raymonde; c'était son sourire à elle, sourire de désœuvrée, de désabusée que rien n'arrache à ses désolations. Elle criait un merci, sec, glacial, lugubre comme un bruissement d'ossuaire et retombait aussitôt dans son anxiété fébrile, le visage contracté, les muscles frissonnants, l'âme vide, vide de l'espoir déçu, vide de l'éternelle révolte d'une ardeur qu'elle était impuissante à satisfaire, vide surtout de la désillusion brutale qui l'enveloppait.

Tout ce qu'un homme épris peut tenter : persuasion, douceur, tendresse, dévouement de toutes les secondes, le comte de S... le mit en œuvre pour ramener à lui cette âme qui fuyait vers un autre horizon. Il en vint à offrir sa fortune et son nom sans trouver plus de grâce dans ce cœur blessé.

A la fin fatigué, dégoûté, il s'éloigna. De rage, Raymonde lui donna un successeur, puis deux et mena la vie à la diable, cherchant à égarer le souvenir qui l'obsédait et entra dès lors de plain pied dans les sentiers charmeurs de la débauche, où s'engouffrent à l'envie néophytes et blasés, les uns pour en goûter les multiples ivresses, les autres pour y chercher l'oubli.

Déception amère ! Au lieu des caressantes visions, Raymonde n'entrevoyait toujours que l'image de Jeancourt qui semblait la poursuivre de son ombre vengeresse.

Alors la pauvrette pleurait, suppliait, se lamentait devant cette apparition, ce fantôme, ce sosie de l'homme tant aimé ; elle demandait grâce, pardon. Elle n'en pouvait plus et semblait devenir folle.

Ceux qui la voyaient, à ces moments, haletante, épuisée, blafarde, les yeux hagards, la bouche salivante, la prenaient en pitié. Ils murmuraient les mots d'hystérique, de névrosée et ne s'imaginaient pas que l'âme plutôt que le corps avait besoin de remède et que le remède n'était pas de ce monde.

Le mal d'aimer avait fait de Mlle de Boisiraimé une professionnelle qui cherchait la pluralité des amours, dans la fréquentation des femmes un assourdissement désormais impossible, qui abandonnait son merveilleux corps aux plus flétrissantes souillures.

Elle eut son palefrenier pour amant et courut les bals pour s'offrir des caprices, mais la satiété ne venait toujours pas.

Elle se grisa, passa des nuits entières dans les restaurants, dans les guinguettes, dans les bouges de nuit; souvent aussi, elle vit se lever l'aurore, assise autour d'un tapis vert, où elle laissa le plus limpide de sa fortune, perdant et gagnant avec la même insouciance, et malgré tout, le désir du premier homme la torturait.

Une passion, un regain la poussait vers ce fantôme, qui lui remémorait tant de délices évanouies, elle voulait, elle désirait ce spectre, elle cherchait à le frôler, à le toucher, elle étendait les bras pour se saisir de lui, pour en faire à nouveau son bien, sa chose, mais lui s'effaçait comme un sylphe, et reparaissait plus loin.

CHAPITRE IV

A force de tremper ses lèvres à la coupe des plaisirs, à force de conduire ses pas désœuvrés dans les chemins trompeurs, parce qu'au bout, il y avait toujours pour elle la monotomie et le dégoût, Raymonde eut vite englouti le patrimoine savamment amassé par M. de Boisiraimé. Elle s'en aperçut et voulut ressaisir les débris épars de ses richesses d'antan, mais la fatalité veillait et les messieurs habillés de noir vinrent un beau matin qui saisirent et vendirent tout. C'était la misère. Alors cette main qui, soignée et coquette, avait remué des monceaux d'or, qui s'était parée de fines pierreries dont chacune valait une fortune, qui avait inuolemment effeuillé des roses ou des fleurs rares payées des prix fous ; cette même main dénudée, besoigneuse, se tendit en vain à la pitié des adorateurs de la veille. Les plus ardents dans la poursuite, furent les plus lâches dans l'abandon, et ceux qui hier se seraient mis à genoux pour embrasser la place où elle avait posé ses pieds de déesse, ceux-là furent les premiers à se détourner d'elle, à lui marchander jusqu'à l'obole miséreuse qu'on ne refuse pas à la pauvresse couverte de haillons.

C'est le propre de ces liaisons fugitives de s'effacer dans le néant ; c'est la caractéristique de ces affections d'occasion, nouées et rompues dans un tour d'horloge, de se réduire en un peu de cendre, malgré tant d'ardeurs échangées et dans cette lente traînée de volupté que la belle pécheresse semait derrière elle, où d'étape en étape, elle laissait un peu de sa santé et de son cœur, dans cette continuité d'amours étouffées dès l'aurore par l'éclosion de nouvelles amours, dans cet appel à l'orgie où elle avait donné tête baissée, Raymonde voulait bien rencontrer l'oubli, ce baume de toutes les souffrances, mais elle se refusait à ce qu'une autre affection vienne germer, dans son âme, et se dresse en rivale à côté de celle unique, première, qui aux minutes délicieuses ravies à la débauche, était encore son vrai soutien, sa seule consolation.

Dans la foule agitée des filles, où les restes de sa beauté prématurément flétrie lui valurent plus de haine que de succès, elle eut vite franchi l'étape qui du déshonneur conduit à l'infamie et à l'instar de ses comparses, devint une des assidues de Saint-Lazare et de Nanterre.

Dans cette salle commune du Dépôt où chaque jour se déverse la lie de la grande ville, où il se passe des scènes tellement ignobles que, parfois, elle font s'éloigner sœurs et gardiens pourtant bien habitués aux crudités du vice, on eût pu voir la descendante des Boisiraimé chanter quelque refrain ordurier en compagnie des prostituées ou des voleuses, rebut du trottoir ou du ruisseau.

Un beau jour à Nanterre, au sortir de la Centrale, où elle purgeait sa troisième condamnation pour vol, elle s'affaissa congestionnée au coin d'une rue, à quelques pas du marchand de vins où, dans l'éblouissement d'une orgie suprême, elle venait d'engloutir, en quelques secondes, le pécule des libérées, fruit de treize mois de labeur.

A la Morgue, elle fut reconnue et les journaux lui consacrèrent quelques lignes de cette pitié de convention, comme ils en accordent parfois aux grandes pécheresses que les splendeurs d'antan n'ont su prémunir contre la misère.

Une main amie... le comte de S... peut-être... se chargea du convoi et fit transporter près de Nevers le corps de celle qui avait noué tant d'intrigues sans pouvoir étouffer les ardeurs de la première.

Un tertre de paria, voilà tout ce qui reste aujourd'hui de la grande et jolie fille qui fut Raymonde de Boisiraimé.

Elle repose maintenant dans l'oubli, tout proche des siens qu'elle a presque ignorés, n'ayant même pas, comme beaucoup de ses semblables, la consolation de s'éteindre mollement bercée dans les bras d'un amant, en l'aimable rayonnement de sa beauté et de son luxe.

Même au champ du repos, éternelle obsédée, elle peut encore percevoir tout là-bas, confondu au murmure des cyprès, le tintement des cloches du village de B..., où son Pierre était né, où il avait grandi. Elles viennent avec l'aurore, impitoyables messagères, évoquer de leur voix argentine jusque dans le néant d'outre-tombe comme une vague souvenance du bonheur disparu, imperceptible écho d'une passion qui fut vraie, où d'une envolée, d'une voluptueuse étreinte, Raymonde goûta aux plus enivrantes caresses, car pour elle s'était rencontré l'heur d'aimer comme on n'aime qu'une fois.

TABLE

TABLE

PREMIÈRE PARTIE

DEUXIÈME PARTIE

IMPRIMÉ

PAR

LOUIS MARETHEUX

1, RUE CASSETTE, 1

PARIS

www.ingramcontent.com/pod-product-compliance
Lightning Source LLC
LaVergne TN
LVHW012019220826
846092LV00001B/406

* 9 7 8 2 3 2 9 7 7 1 2 1 2 *